CATALOGUE

24 GRANDES MINIATURES

Dont les Sujets ont trait à la Vie de

JEANNE D'ARC

PAR

COFFINIÈRES DE NORDECK

Dont la vente aura lieu

HOTEL DROUOT — Salle n° 6

Le LUNDI 12 FÉVRIER 1894

à trois heures

EXPOSITION PUBLIQUE

Le DIMANCHE 11 FÉVRIER 1893

de une heure et demie à cinq heures et demie

Me G. BOULLAND	M. Henri HARO
COMMISSAIRE-PRISEUR	PEINTRE-EXPERT
26, Rue des Petits-Champs, 26	14, Rue Visconti et Rue Bonaparte, 20

1894

Ce Catalogue se distribue

à PARIS chez

Me G. BOULLAND	M. Henri HARO
COMMISSAIRE-PRISEUR	PEINTRE-EXPERT
26, Rue des Petits-Champs, 26	14, Rue Visconti et Rue Bonaparte, 20

CONDITIONS DE LA VENTE

Elle sera faite au comptant.

Les acquéreurs payeront CINQ POUR CENT *en plus du prix d'adjudication.*

N° 1

Les Apparitions à Domremy

« ... en ces jours avait une jeune pucelle nommée Jeanne, natifve d'un village, en Barrois, nommé Dompremy, sous la seigneurie de Vaucouleurs, à laquelle, gardant aucunes fois à l'entour de la maison de son père, un peu de troupeaux qu'ils avaient, s'asparut Notre-Seigneur, et lui commanda qu'elle s'en allast lever le siège d'Orléans. »

N° 2

Départ de Jeanne de Vaucouleurs

« ... avait ladite Jeanne un cheval payé 12 francs par son oncle Laxart : Messire Robert de Baudricourt qui était cappitaine de Vaucouleurs

pour le Roy, lui bailla une épée, lui disant :
« Va et advienne que pourra. » Avec ladite
Jeanne se mirent ès chemin : Jean de Metz,
Bertrand de Polongy, Pierrelo, frère de Jeanne
et trois archiers que compagnons ; tirant droit
vers le Roy qui était lors à Chinon. »

N° 3

Voyage à Chinon

« ... eux-mêmes disaient qu'ils avaient passé
aucunes rivières à gué bien profondes, et passages renommés périlleux, sans quelconque
inconvénient, dont ils étaient esmerveillez. »

N° 4

Les Routiers Anglais

« ... si, se partirent et passèrent par villages,
villes et passages de pays des ennemis et aussi
par les pays obéissant au Roy, où régnaient
toutes pilleries et roberies, sans ce qu'ils eussent
empeschements, et vindrent jusques en la ville
de Chinon. »

N° 5

La Vie du Roy Charles VII à Chinon

« ... en icelle ville de Chinon se pourmenait le Roy avec le seigneur de la Trimouille, Gérarde Gassinel, la belle Madame Agnès Sorel, Estienne Chevalier, conseiller, Tanneguy du Chastel, lequel sur le pont de Montereau avait occis Jean-sans-Peur, en l'an 1419, alors que cettuy Charles VII n'était que dauphin et régent du royaume. »

N° 6

Occupations du Roy

« ... Festoyait le jeune prince en gaies beuveries avec lesdites dames, et lesdits seigneurs, se bien que ne pouvait perdre plus gaiement son royaume. »

N° 7

Jeanne reçue à Chinon par le Roy

« ... et combien que plusieurs feignissent qu'ils fussent le Roy, toutefois, elle s'adressa à lui assez plainement et lui dist qu'il lui baillast gens, et elle lèverait le siège d'Orléans, et si le mènerait sacrer à Rheims. »

N° 8

Charles VII fait don à Jeanne d'une armure complète

« ... la mena le Roy à Poictiers chez un vieil homme nommé Rabourdin qui lui fist armure à sa taille ; et portait si gentiment son harnoys que semblait qu'elle n'eust jamais faist autre chouse au monde. Ce dont chacun estait esmerveillé. »

N° 9

Arrivée à Orléans

« ... et fut reçue à grande joie, et logée en l'hostel du thrésorier du duc d'Orléans, nommé Jacques Boucher, où elle se fit désarmer. Et ainsi vint la dite Pucelle en la ville d'Orléans le penultième jour d'Avril, mil quatre cent vingt-neuf. »

Nº 10

Jeanne provoque les Anglais des Tournelles

« la dite Pucelle avait grand désir de sommer elle-même ceux qui étaient en la bastille du bout du Pont, car on pouvait parler à eux de dessus le pont ; si y fut menée, et les somma de partir disant : « En nom Dieu ! quittez le royaume de France. » Alors ils commencèrent à se moquer et à injurier la dite Jeanne. »

Nº 11

Combats autour d'Orléans

« ... et paravant qu'elle arrivast deux cents anglois chassaient aux escarmouches cinq cents françois ; et depuis sa venue, deux cents françois chassaient quatre cents anglois ; et en crut fort le courage des françois. »

Nº 12

La mémorable prise des Tournelles

« ... le vendredi sixiesme jour de may,

François passèrent oultre la Loire à grand puissance. Si marcha avant la Pucelle à tous ses gens de pied tenant sa voye droict aux Tournelles.

N° 13

Rentrée des Français victorieux

« ... après laquelle tant glorieuse victoire, les cloches furent sonnées par le mandement de la Pucelle, qui retourna cette nuictée par dessus le pont ; et rendirent grâces et louanges à Dieu en moult grand solennité, par toutes les églises d'Orléans. »

N° 14

Prise de Jargeau

« ... si fust assaillie Jargeau bien asprement. La Pucelle descendit au fossé, son estendart au poing au lieu où les faisaient plus grand défense. Si fut apperçue par auxcuns anglois, dont un print une grosse pierre de faix et lui jecta sur la teste, tellement que du coup elle fut contraincte à s'asseoir. »

N° 15

Capitulation des Anglais à Beaugency

« ... ils rendraient d'après ledit traicté au Roy de France, entre les mains du duc d'Alençon et de la Pucelle le pont et le chastel de Beaugency, leurs vies saulves, l'endemain à l'heur du soleil levant. En cette manière se départirent les Anglois le samedi dixhuitième jour de juin mil quatre cents vingt-neuf. »

N° 16

Victoire de Patay en Beauce

« ... et elle demanda à d'Alençon : « Monseigneur, avez-vous vos espérons ? » Lors d'Alençon luy dits : « Comment dà, nous faudra-t-il fuyr ? — Nenni, en nom Dieu, les Anglais s'enfuyront et n'arresteront point, et pour ce faut-il vos esperons pour les suyvre. »

N° 17

Entrée à Rheims

« ... et après disner, sur le soir, entra la

Pucelle et ses gens dedans la ville où elle était fort regardée, aulcuns pensant que l'accompagnaient saint Michel et sainte Khaterine... et le pouvre peuple du pays criait : Noël ! Noël ! et plourait de joie et de lyesse. »

N° 18

Jeanne blessée à la porte Saint-Honoré

« ... et tenta l'eau qui estait bien profonde : quoi faisant elle eut d'un traict les deux cuisses percées. Et depuis qu'il fut nuict, ne voulut partir, ne se retirer en aucune manière ; et fallut que ledit duc d'Alençon l'allast quérir et la rapportast. »

N° 19

Siège de la Charité-sur-Loire

« ... et quand vit Jeanne la Pucelle, grands canons, veuglaires et esmérillons tirant sans cesse, ce nonobstant voulait assaillir pour cuider passer jusques au mur, et si en avait aucuns, audit lieu qui eussent voulu par envie qu'il fut mescheu à ladite Jeanne ; et fallut-il se retirer honteusement après plusieurs tuez, tant d'un côté, comme d'un autre. »

N° 20

Glorieux combat de Lagny

« ... tous ceux qui ne furent pas navrés furent prins ; et dit Jeanne la Pucelle au chef de la campaignée, Franquet d'Arras : « Franquet, tu es traître et faux français, et te ferai trancher la teste. » Et si ladite Jeanne lui fist trancher la teste. Et il en demoura tant mors que prisonniers bien 800. »

N° 21

Jeanne faite prisonnière à Compiègne

« ... car étant sortie à l'escarmouche, quand se veint à la retirade, ne say si à escient ou pource l'Anglais chaussait l'éperon de trop près à nos gens, la barrière fut fermée à la povre fille ; laquelle tomba entre les mains du bastard de

Vandonne de la compaignée de Jean de Luxembourg, lequel la vendit au duc de Somerset,
gouverneur à Rouen pour le roy anglais. »

N° 22

**Jeanne prisonnière se jette du donjon où l'avait
enfermée Jean de Luxembourg**

« ... et la dite Jeanne prisonnière au Chastel
de Beaurevoir priait dévotement Notre-Seigneur
et sainte Khaterine pour aller délivrer ceux de
Compiègne. Elle ne s'en peust tenir et recom-
mandant soi à la saincte et à Notre-Dame, se
précipita de toute la hauteur du donjon ! Et par
les sainctes fut tantost guérie. »

N° 23

Jeanne traînée au supplice

« ... toutefois fut traînée au bucher le darre-
nier jour de may 1430 en la ville de Roüen :
après telle infamie et misérable exécution, Anglais
ne prouffitèrent plus en France. Ains y furent
toujours battuz, et rebattuz, et jusqu'à ce qu'ils

furent du tout deschassez, et se retirèrent en leurs pays. »

N° 24

Jeanne d'Arc est brûlée sur la place du Vieux-Marché à Rouen, le mercredi matin 30 mai 1430

« ... et fut bientôt estouffée, et sa robe toute arse. Et puis fut le feu tiré arrière et, fut veue de tout le peuple, toute nue, et tous les secrets qui povent être ou doivent être en femme, pour oster les doubtes du peuple. Et quant ils l'orent assez et à leur gré veue toute morte, liée à l'esta-che, le bourrel remit le feu grant sur sa povre charrogne, qui tantost fut toute comburée et os et chair mis en cendre. »

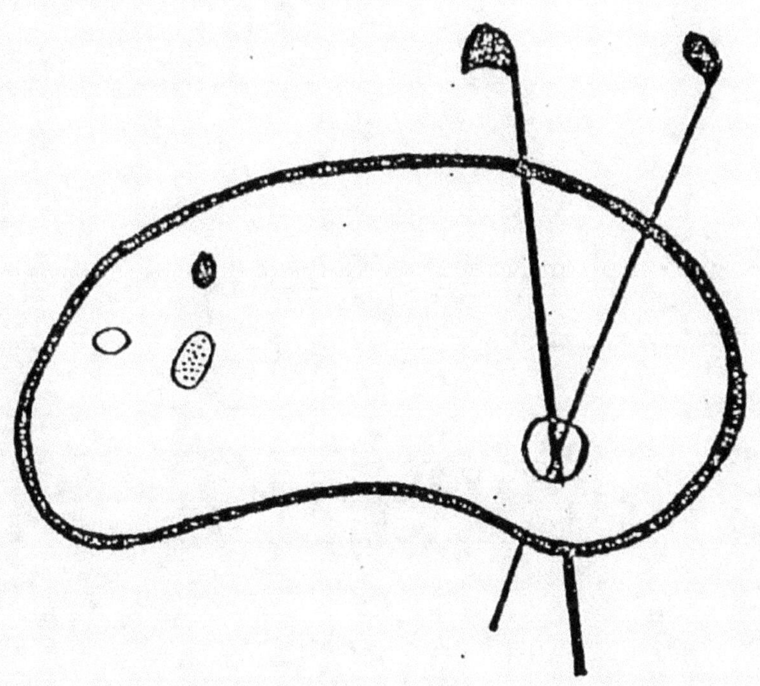

ORIGINAL EN COULEUR
NF Z 43-120-8

RED. :

17

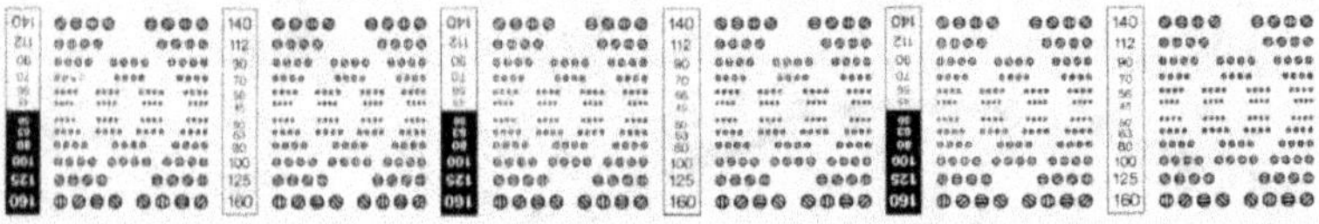

MIRE ISO N° 1

NF Z 43-007

AFNOR

Cedex 7 - 92080 PARIS-LA-DÉFENSE

graphicom